引地川

Kamiya Akio

神谷章夫句集

ふらんす堂

一句鑑賞——神谷章夫句集『引地川』栞

子ら泳ぐ声して川の現はるる（H9）

山西雅子（舞主宰）

季語は「泳ぐ」で季節は夏。歩く先から子供達の明るい声が聞こえてきた。更に歩くとその声はよりはっきりする。掛け声、はしゃぎ声、笑い声、水音も混じろう。遮られて見えないが泳いでいると知れる。遮っているのは木立か高い夏草か。あるいは別のものか。ともかく声の方に行くとぱっと視界が開け、輝く夏の川とそこに抱かれる元気な子供達が現れた。場面転換がいきいきと追体験でき、明朗快活な句だ。

三十年ほど前、北澤瑞史先生の吟行会に参加させて戴いたことがあります。この句を読み、颯爽と前を歩かれる長身の先生の背中をふと思い出しました。先生とのご縁が神谷さんとのご縁に繋がったことに感謝しています。

秋出水青大将も流れけり（H10）

西野洋司（つぐみ・元藤沢市俳句協会会長）

その日私は辻堂で句会があるため早くに家を出て、引地橋でバスを降り、羽鳥地区で句材を探すことにしていた。ふと橋下に目をやると半ばは広い磧であり、そこで大きな蛇が鼬に追われていた。鼬は蛇の尻尾に噛み付いたが、瞬間蛇は夜の雨で増水した川に飛び込み、鼬はあきらめてしまった。

やや下流では作者が川堤を散歩していて目に触れたと想ってもいいだろう。

この句誰にでもよく解る表現で、読めば読むほどに奥行のある句である。出水の川面は見ていて飽きがこない。財布やパンなどが流れてくる事もある。長い紐が、と思ったら青大将だったのだ。助詞「も」の効果により、そこでは自然の素朴なドラマが展開している。

俳句はその気になれば誰にでも親しめる短詩形である。万葉集以来研鑽を重ねてきた日本の詩の、素敵な魅力が集約されたもので、ますます世界へ拡げてゆきたいものだ。

この句は平成十年の藤沢市民俳句秋の大会にて俳句協会長賞に輝いた句である。

いつまでも少年どこまでも蒲公英　（H12）

佐野典比古　（詩あきんど）

句友としてもう二十二年ですが、仲間内での俳号は「犬客（けんきゃく）」。これは「健脚」にもつながりますが、わたくしは「犬客丼（どん）」と呼んでいます。「丼」と呼ぶのは、彼が好奇心旺盛な食いしん坊だから（笑）。しかしこれからは、ますます俳句道に磨きをかけるような「剣客さん」と呼ぼうかな。

少年のように、好奇心旺盛なこころを持ち続けることはなかなか難しい。

掲句は「いつまでも」という措辞に、常に少年のようなこころでありたいという願いが込められています。そして「どこまでも」という措辞により、堤一面に咲いているたんぽぽの黄がまぶしく照り映えてきます。「いつまでも」と「どこまでも」が照応し合い、音読して心地よいリズムを生み出しています。

夏草に弁慶の丈義経の丈　（H13）

伊藤伊那男　（銀漢主宰）

松尾芭蕉の「夏草や兵どもが夢の跡」を本歌取りにした作品。本歌取りは日本詩歌の手法で、そのようにしてあたかも系図を辿るように、先祖の名歌名句を確認・伝承させていく良い伝統である。この句は原句を発展させて、草丈に目が届いたところが独自の発想である。長短の雑草が義経主従の幻想として立ち上がってきて、現実の風景と交差する名作である。

朴の葉の落ちて水音なかりけり　（H14）

山田真砂年　（稲主宰）

朴の葉が水面に落ちたという何気ない風景を、平易な言葉で描いた句で、外連味のない落ち着きと、奥行きの深さを感じさせる。

朴の葉は地上に落ちたとき「カサ」と音を立てるが、水に落ちたときは音がしない。作者の発見である。如何にも音を立てそうな大きな葉がひらりひらりと水に落ちてゆく視覚的余韻によって、静かさをクローズアップさせる詠みぶりは、「古池や蛙飛びこむ水の音　芭蕉」に通じる世界があるようだ。

大根引かれ幸せさうな穴残す　（H24）

太田うさぎ　（豆の木・なんじゃ・街）

俳人は何故か穴に魅了されるらしい。蟻や蟬の穴からドーナツの穴まで、実体のあるものもないものも盛んに取り上げる。大根の穴も例に洩れず、これまでに数多くの句が詠まれている。その点ではこの句の題材は目新しいものではない。しかし、大根を抜いた穴を「幸せさう」と捉えたのは独自の視線ではないか。種が蒔かれたその日から、畑土は大根が立派な作物となるように十分な養分を与え育んで来た。今、収穫の時を迎え大根の抜かれた畑には穴が残るばかりだ。冬の日が穴の底まで届く。それを幸福な景色と見る作者は育て上げたものを手放す時の満ち足りた思いを知っているのだろう。

そう言えば、神谷さんの案内で冬晴の三浦半島を吟行したことがある。見渡す限り一面の大根畑に出たときだ。神谷さんは突然足を早めたかと思うと、隅の小屋で三浦大根を一本買って来たのである。ずっしりと美味しそうな大根だった。そして、驚く私たちに見せびらかすでも照れるでもなく、淡々とそれをリュックサックに詰め込んだ。その後の散策の間、大根はリュックサックから少し顔を出したまま大人しく神谷さんに背負われ、動きに合わせて時々は軽く上下に揺れもするのだった。

花火終へ島の容のあらはるる　（H27）

浜田はるみ　（沖）

花火を英語でfireworksと表現するが、やや無機質なその言い回しに妙に感心した覚えがある。夜空を彩る花火の美しさは、常に新しさを追い求める花火師たちの創造、日々の仕事の成果なのだと。以来花火を見ると闇の中に、濃密に息づく人の気配を感じるようになった。花火の終了と同時に立ち現れる島の容。闇の中にくろぐろと浮かぶ塊は、眼裏に余韻として残る光に対峙し、営々と時を重ねる人々の存在そのものにも思えてくる。見た事をそのまま述べているようでいて、天と地と人、俳句の要諦を余さず掬い取っている一句である。

石鹼玉天より降つて来ることも　（H29）

中根美保　（一葦・風土）

石鹼玉は儚く壊れやすい。思いがけなく流れて来たとしても、たいてい角を曲がった所で親子連れが吹いて遊んでいたりするものだ。ところが風向きのせいなのか、稀に発生元が分らない石鹼玉が漂っているのに遭遇することがあり、掲句はそんな体験を「天より降つて来ることも」と詠んでいる。宗教に係る場面において現世とは別の世界を意識することはあるが、石鹼玉のようにごく身近なものを通して感応しているところが出色だ。この石鹼玉が、本当に天上の国から降ってきたように思えてくる。

一遍忌案山子にもある聖顔　（H29）

山田貴世　（波主宰、藤沢市俳句協会会長）

田畑の農作物を鳥や鹿、猪などの食害から守るための案山子。この「案山子」は中国の僧が用いた言葉で、「案山」は山の平らな所、「子」は人や人形という意味で日本語の「かかし」を「案山子」と書くようになったという。へのへのもへじで表される案山子の顔。その中に僧とも見える案山子の顔を見つけたのだった。折しも諸国を遊行した一遍上人の忌日。中七下五の措辞に作者の驚きと発見がある。

犬に足踏まれてゐたり大花火　（R元）

菅美緒　（晨・梓・航）

ぎっしりと人で埋まった花火大会。人に足を踏まれることもある。上五中七は何とも楽しい。花火の美しさを言うよりずっと面白い視点。犬に踏まれている感触も伝わる。

向かひあふこの世の少女ソーダ水　（R元）

篠原広子（季）

「この世の少女」という中七にはっとさせられる。しかし、その映像がすぐに浮かぶかというと戸惑うのではないだろうか。

「通常の言葉は既に知っていることしか伝えない。我々が新鮮な何かを得るとすれば、メタファーによってである」というのはアリストテレスの言葉である。それに倣えば、少女の声、真っ直ぐな眼差し、予期せぬ仕草もが、今まさに「この世の少女」というメタファーとして自分と向き合っているのだ。その時、作者の中の逡巡や、あいまいな自意識のすべては、からからと音を立てて崩れていた。いま、目の前に見える、聞こえる、感じるものこそが、「この世の」のものだ。ソーダ水は少女のはじけるような爽やかさとフレッシュさの象徴で、そのグラスを昇っていくソーダ水の泡は、作者の体の中をも通り抜けて昇っていく。文字で見るとやわらかなやさしい句に思えるが、作者の句は読み手にはすぐに見えないものを、潜ませているのだと思う。

ライバルのやうな妻ゐて菊の酒　（R3）

川面忠男（晶）

ライバルがいれば自らを高めようと励みます。それだけ妻の存在は大きいのです。菊の酒を酌み交わしながら妻に長生きしてもらいたいと作者は思っているのでしょう。夫婦は人生の戦友でもあります。

大和田アルミ（唐変木）

この妻、やるな！　菊の酒の斡旋が面白くて、なんだか潔い。

硝子戸を海桐の叩く島の冬　（R3）

上川謙市（無所属）

海桐の葉や茎には独特の匂いがあって、これが魔除けになるので、大晦日の夜、扉に挟んでおくそうです。実際、葉をむしってみても「匂うかなぁ」って程度なんだけど、鬼たちには激しい、いや〜〜な匂いに感じられるんでしょうね。硝子戸を叩く海桐の音に、冬の深まりとともに、島に悪鬼の近づきつつあることを作者は感じ取ったようです。硝子という割れやすいものが、危険を知らせようとしています。

男根神菰を被され山眠る（R3）

鹿野島孝二（元「季」）

神谷さんの本職は国内でもそう多くない石油や地熱開発の専門家で、すなわち技術者である。氏の日常は俳句と全く対極の世界に足をおいている。したがって伴侶として俳句があったからこそ、仕事も大成したのではないか、と想像している。仕事だけだったら、単なる変な男の半生に終わっていたかもしれない。（失礼）

さて作品であるが、男根神とは男性器をかなり誇張して象り、金精様などと呼ばれて各地の山村に祀られている。子孫繁栄や豊作祈願の象徴。生命の根源として信仰され続けており、決して不真面目なものではない。作品には、冬枯れの山に囲まれた集落に祀られた男根神が菰に包まれた、としか書かれていない。しかし「ああ、この盆地の村も寒くなったね。暖かくしてもらって良かったね」と胸の中で思っている姿が想像される。家々の冬支度は終わり、村境の金精様も菰を巻いてもらった。さぁ冬だという村民の気持ちの引き締まりだけでなく、皆が力を合わせて暮らし続けてきた様子までが見えている。そこが俳句の妙であり、こうした風景を見つめ俳句づくりに打ち込む時、作者は技術者の鎧を脱いで詩人となっているのだ。

鎌倉を鎌倉らしく冬紅葉（R3）

加藤いろは（晨・晶）

句集『引地川』の魅力的な句が多々あるなか、私は掉尾に近いこの句に着目した。

「鎌倉を鎌倉らしく」とは、なかなか言えそうで言えないものである。が、ひょっとして、言えなさそうで言えるかも、と試みに、地名を入れ替えてみた。

東京を東京らしく冬紅葉
大阪を大阪らしく冬紅葉
熊本を熊本らしく冬紅葉

いろいろチャレンジしてみても、やはり「鎌倉」の地名が鉄壁であることに合点がいくのだ。そして寿福寺あたりの、ひときわ鮮やかな「冬紅葉」に、思いを馳せてゆくのだった。

虚子の眼差しや息吹さえ感じられる、しみじみとした一句である。

ISBN 978-4-7814-1478-2

序

私と神谷さんの出会いは、平成八年十二月の「季」の例会だったが、北澤瑞史前主宰から、「朝日カルチャーの俳句入門講座に変な俳句を作る人がいます」と数カ月前から楽しそうに打ち明けられていたので、受付で名乗りを上げられた時に「知っています」と思わず答えた。変な俳句の一例に、

　春泥にいまは飲みたきココアかな

「春泥」は春の季題で、雪や霜がとけたぬかるみである。ココアを飲みたいという連想が出てくるとは思わなかった。その通りだが、それは常識

的な解釈で、私の心の貧しさを覗かれたような苦みを感じた。この句を笑いとばしたが、含羞も悪びれる様子も無い姿に「やる人かもしれない」との期待感が生まれていた。「季」の投句は平成九年一月からであるが、夏には、のちに残る句を作っている。

自転車の両手放しに子の盛夏
子ら泳ぐ声して川の現はるる

私は、外国の風景を知らないし、季節も異なるので、日本の四季に当てはめることは無理、と初期から否定的であった。しかし、彼の海外出張の句が投句されるようになり、興味を寄せるようになった。

安居僧大地の色に籠りけり
夕焼のすがる雲なく砂漠暮る
旅の手に白夜のワインなみなみと

作品は石油開発の仕事先のタイ、オマーン、ノルウェーである。

神谷さんは、淡々としていながら、作句に費やす時間は相当なものだった。吟行に積極的に参加し、吟行地の立案もしてくれた。吟行地も懐かしい田園風景の中、火の見櫓の立つ村であったり、素朴な村祭りがある山の町であったりで「神奈川県はこんなに広かったの！」と思わせる発見があった。その俳句に対する熱意が実り作句開始四年後の平成十二年には、北澤前主宰の逝去後に新たに設けられた「季」の結社賞である木蔭賞の初回の受賞者になっている。

以下に過去二十年余の彼の作品から特に印象に残った句の「季」誌への私の選評をそのまま掲載させていただく。

逡 巡 の 眸 を の こ し 鹿 逃 ぐ る　（平成十三年）

登山であろうか、山の中で鹿に出会った。不意のことで作者の驚きと感動は言うまでもない。鹿も人間が居ると思えない山中の出来事に一瞬立ち止まり訝しげに見つめたことであろう。それも束の間のこと、さっと身を返して消えたのだ。この間隙に作者が捉えた「逡巡の眸」に心が読み取れる。鹿の目の戸惑いは、怯えさせたのかの憂いでもある。遭遇は大いなる感激でもあったが、この「逡巡の眸」が何時までも脳裏にある。鹿を親しく迎えたかった作者の心が書かせた作品である。

瑞史忌草笛に耳澄ますごと　（平成十五年）

「瑞史忌」は言うまでもなく「季」の詩神、北澤瑞史前主宰である。平成十年六月四日、肺癌により惜しまれながら六十一歳で生涯を閉じられた。作者の入門は八年四月と晩年の僅かな期間であったが、無名の会に参加して親しく学んでいる。吟行の旅先の、作者の少年のような純粋さと直向きな作句姿勢に感心したのは先生ばかりでなく連衆すべてが認めるところである。旅の途中の野にしゃがみこんで、「草笛」を鳴らす先生は、年月を経るに従っていよいよ映像が明らかになる。瑞史忌を修するとは「草笛に耳澄ますごと」と、切に美しい音色を響かせてくれた。

海鳴りに幕間あづけ村芝居　（平成十六年）

旅路の作者が見た村芝居の風景であることは一読で理解されるだろう。おそらく海辺の半農半漁の人々が暮らす村落であり、結束の強さ、親睦の深さは想像できる。秋の収穫が終わった後、稽古を積んだ芝居か、歌舞伎が村人によって演じられている。現在は少なくなったがむかしは、各地で上演されていた。芝居は、秋祭最中の神社の神楽殿か、組み立てた野外舞台で進行中である。いまは、一幕終わって「海鳴りに幕間あづけ」と次の幕が開くまでの休憩時間なのだ。客席では持参の菓子や弁当がひろげられているだろう。想像がいよいよ楽しくする。

母が居て母の友来る炬燵かな　（平成十七年）

温かく熱く母を語っている。家の中に母が居るだけで和み安心感に充ちた子供の頃を誰も思い出すだろう。「母が居て」に作者の心の安らぎが見える。いつも家族の寄る居間が、母の居る炬燵の部屋であり、その母を訪ねる友人が居る。炬燵に親しく招き入れる母、作者に来訪者に母の温もりそのものの炬燵の暖かさが伝えられ、母の人柄もまた語られている。

春眠の子の掌に触れてより眠き　（平成十七年）

親の慈愛の眼差しに包まれている「春眠の子」が居る。「昼夜」となく眠る赤子には春眠とは言わないから、「掌に触れて」に幼稚園ほどの子か小学生ぐらいの子供であろうと想像する。また我が子の幼い頃に重ねた「春眠」であろう。むずかる子であったかもしれない。眠りに入る前の子の手には、愛玩のぬいぐるみか、おもちゃが握られていたようにも思える。

熟睡して手のものも離し掌は緩く広げられた。その手にそっと親の手が差し伸べられ、包み込んだような情愛の満ちる作品である。

　春星を殖やせり水車廻るたび　（平成二十一年）

旅路の作者が、まだ明るい空に宵の明星を見つけた時から作品は始まっている。水車の廻るたびに飛沫の光が星となって飛び散る。それが春星となって夕暮れの空に殖えていくのだと……。童話を繙くような懐かしさと親しさのなかに、夕べの疲労感と安堵感が表現された。

　かき氷原子炉の影遠景に　（平成二十四年）

「匙なめて童たのしも夏氷　山口誓子」の子供達の無邪気な明るい弾むような会話が想像される作品で会得した季題であったが、作者は原子炉の遠景を望んで「原子炉の影」として東日本大震災以後の拭いきれないものを心に重く蓄積している。今年の夏は暑かった。作者はその極暑の中、火山地帯の地熱エネルギーを資源とする復興支援をしているようであり、当然、火山地帯へ出向くことも多い。遠景の原子炉は、この猛暑の中で印象付けられた実景であり、心象風景にまでしている。暑さ凌ぎの「かき氷」も冷や冷やと楽しむわけにはいかない。

苺煮る誰のためとも打ち明けず　（平成二十五年）

「苺煮る」は、ジャムにでもするのだろうか？　少年少女のようなときめきを感じさせる「誰のためとも打ち明けず」である。還暦過ぎの男とも思えぬ言動に「おやおや、ごちそうさま。どうせ女房殿にでしょ」とあけすけに言うところを堪えた。午前中の講座が終ると私は数人と昼食を共にしている。その日の作者の食事を断ることばが「苺煮るから帰る」の一言であった。確かにジャム作りには根気がいるが、一、二時間ほどの昼食時間を割いてまでする！　の驚きで重ねて誘うことはしなかった。しかし結果が作品で示された。煮あがった温かいジャムを手中にした人は？

炎天に顔を突き出し草田男忌　（平成二十五年）

ここ数年我々は猛烈な夏の暑さにいる。その中で迎えた草田男忌を作者は「炎天に顔を突き出し」として炎天下の万緑の量感の恵みの中の草田男の存在感をまるで巨人の出現のように表現したと思われる。また炎天に屈しない作者自身が描かれた。それは草田男作品が教えてくれるずばり正視する力強さであり、把握力である。この草田男忌作品を讃えたい。

噴水の頂を蝶かはしけり　（平成二十六年）

作者は勤務時間中の移動途中か、休憩時間の束の間を過ごす、公園等の噴水を見上げていたようだ。身も精神もゆるやかにしている作者が想像できる。その時、水を求めるようにほとほとと飛んでいた蝶がひらりと身をかわしたのだ。また、噴水がさらに高く吹き上げ変化したとも思われる。「蝶かはしけり」と作者の蝶を危ぶむ瞬時の情が快い。そして清涼感も呼び込んだ一瞬の蝶の飛翔を描写している。蝶は華麗な舞姫かと、擬人化もほのめかしているようだ。それもよいだろう。

最後に、ここ数年の私が注目した俳句もいくつか挙げさせていただく。

令和元年

犬に足踏まれてゐたり大花火

秋草を傷つけ忘れ鎌となる

令和二年

蝶に先越されて着きぬ風岬

熱気球いくつも空へ麦の秋

令和三年

足もとの日の斑を揺らし小鳥来る

渋滞のバスに冬日を愉しめり

古稀を迎えてなお失わない純粋な心とゆとりある作句姿勢を心強く思っている。現在、地熱発電の仕事と両立させながら藤沢市俳句協会の副会長職を真摯に務めている神谷さんに北澤瑞史前主宰の志の継承と藤沢市俳句協会の明るい未来も期待したい。

令和四年二月

藤沢紗智子

引地川／目次

カバー挿画・尾崎淳子「冬の川」

句集　引地川

Ⅰ

秋出水

平成八年―十二年

平成八年

蘆刈りの日輪もまた蘆の色

棒の先に鴉吊され冷まじや

為朝の矢立の井戸や冬あざみ

フランスパン籠よりこぼれ日脚伸ぶ

平成九年

自転車の両手放しに子の盛夏
子ら泳ぐ声して川の現はるる

水巴忌の蒸羊羹を買ひにけり

脇祥一編集長と上川謙市さん

独り身の男二人の胡桃割り

美しき竹立ててより秋祭

風呂吹きや妻はいよいよ母となり

平成十年

宇都母知神社

堆肥濃く匂ふ小径の初詣

軍港に白き衛門冬かもめ

北澤瑞史先生深悼二句

万緑の牛飼ひ牛と眠りをり

牛飼ひの掌(て)のやはらかし仏桑華

バンコク回想

安居僧大地の色に籠りけり

乗鞍のまるき山脈桃すする

引地川

秋出水青大将も流れけり

己より濃き影を曳き秋の蝶

枯草の匂をのせて馬入川

神話持つ国に白鳥来たりけり

人影も冬日も竹に漉されゐる

つぶやけば蘆も枯れたる音を立て

とびたさうな落葉を踏んでしまひけり

卯の花の無風の夜に逢ひにゆく

平成十一年

蕗たたく音の近づき山の雨

蟻かなし離れし列にまた戻る

空よりも身ほとりくらき蛍狩

我死なば青嶺の風をかんばせに

野放図に齢重ねて竹煮草

山照らし水を照らして盆の月

立ちどまるとき秋風に越されゆく

すぐ笑ふ人に胡桃のよく割れる

上流に日溜りの村冬すみれ

ふるさとや氷のうへの畑の砂

平成十二年

耕して蔭といふもの生まれけり

木蔭賞受賞四句

春の土堤蕪村現るるを待ちてをり

自転車とまろべば草のかぐはしき
生まれ出づる悩みは持たず鮭五郎

菜の花や足柄山は暮れてをり

いつまでも少年どこまでも蒲公英

佳き地酒ありぬ野蒜を摘んで来よ

柏餅生涯父に書斎なく

ずぶ濡れの男現はる青芒

跳んでなほ巌のごとし蟇

暮れてすぐ寝息のるつぼ登山小屋

普陀落の海ががはがはと芭蕉林

威し銃いきなり明けて麓村

ラフカディオ・ヘルン旧居の時雨かな

Ⅱ

春の土堤

平成十三―十七年

平成十三年

段葛六日の夜を灯しをり

寒風沢(さぶさわ)島二句

海光も塗り込められて島の畦

みちのくの風しろじろと代田搔き

夏草に弁慶の丈義経の丈

ノルウェー二句

フィヨルドの果てまで鷗夏はじまる

旅の手に白夜のワインなみなみと

人づてに子の暮し聞く梅は実に

知床二句

子を負うて夫の昆布の舟たぐる

整然と干し雑然と昆布積む

七夕の余熱の駅を通り過ぐ

逡巡の眸をのこし鹿逃ぐる

終点のバスはすぐ発ちそぞろ寒

平成十四年

畑すべて谷に傾く鯉幟

梅漬けて五十の顔となりにけり

黴の香も後生大事に宝物殿

オマーン二句

ベドウィンが喋る熱砂を匂はせて

夕焼のすがる雲なく砂漠暮る

山の蟻富士五合目に辿り着く

滝落つるごと火祭の熾落つる

栗飯の中のおほきな栗拾ふ

温め酒晩成をまだ疑はず

朴の葉の落ちて水音なかりけり

ある言葉不意に胸衝き冬木撫づ

大根を引きたる影が大根積む

平成十五年

コーランの声ものせたる初電話

花吹雪く頃を沙漠に吹かれゐる

頼りなきものにとまれり糸とんぼ

瑞史忌草笛に耳澄ますごと

ひやひやと他郷の町を通り過ぐ

秋祭ややうやく抜けて母の墓

眠る山ときをり竹のつくる音

饒舌に髪を刈られて年の暮

平成十六年

歩み来て四温の顔が婚を告ぐ

春の鴨大きく水を使ひけり

義父逝去

あたたかく父の晩年語らるる

草に寝て遍路の鈴に追ひ抜かる

照りつづく夾竹桃のまはりだけ

ところてん遠流の話聞きながし

扉(と)開くや花火見しこと告ぐる妻

酔芙蓉父の忌なれば酔ひ深く

桐一葉取り戻したき過去あらず

海鳴りに幕間あづけ村芝居

今年藁日の落ちてより波の音

日向ぼこ懐かしむことひとつ殖ゆ

平成十七年

寒夕焼したたるもののなかりけり

雪吊が雪を落として音立てず

母が居て母の友来る炬燵かな

風船の行方は空にあづけゐる

鳶の輪の一部始終を春の土堤

春眠の子の掌(て)に触れてより眠き

麦烏賊を籠いつぱいに師の忌日

蜜柑山相模ことばが転び出づ

Ⅲ

川翁

平成十八年 ― 二十二年

平成十八年

梅東風や二番札所を過ぎてより

風みちの竹がさざめく雛の日

川翁桜うぐひを見て行けと

雨あがる蜜柑の花を匂はせて

蟇はげしきものに耳貸さず

瑞史忌誰も涼しくしてしまふ

まなうらに瑠璃を残して梅雨の蝶

鰺刺の一嘴に大河引き締まる

蓮の実の飛んで遊行となりたるか

秋うらら花屋に花を選ぶこゑ

竹伐つて伐られぬ竹のさざめきぬ

放たれて牛は秋日をにれかめる

平成十九年

珈琲を淹れて枯木を匂はする

仰向けば咳うつ伏せば母恋し

スキーヤーとなりたる妻を眩しめる

紅梅となれる深空に龍太逝く

ひとりごと空へ放してしゃぼん玉

栃の花父性なかなか身につかず

蓑虫庵の縁におかれし蚊遣香

岩かがみ頂上小屋が近づきぬ

とっぷりと暮れて自然薯掘り出さる
百匁（ひゃくめ）柿城失ひし山の辺に

青空を摑む棗をとりそこね

校庭の冬たんぽぽに日の溢れ

凍蝶に小さな日向ありにけり

除雪車の踏み入る音に真夜(まよ)目覚む

平成二十年

梵字とも見えて薬師の蜷のみち

神杉の雨呼ぶくらさ著莪の花

麦は穂に筑波は裾を長く曳き
黒潮の夜明け飛魚騒ぎだす

子の汗の甘き匂が飛びつきぬ

沖舟に日の移りゆく晩夏かな

路地ごとの子供の遊び一葉忌

恵方みち海が展けて来たりけり

平成二十一年

酒は牧水寒の鰻が焼きあがり

江の島に女歌舞伎よ春隣

桜恋ふ我に驚き西行忌

春星を殖やせり水車廻るたび

飛花落花けふ結願の靴を履く

清明の堰なめらかに水走る

花吹雪満願といふさびしさに

島の婆海女の胸幅見せて夏

黒船が沖に来し浦日雷

大根蒔く向きを変へても海見ゆる

夫婦神なくばこの峡すさまじき

白鳥来母のたよりの届くごと

稜線に人恋ふごとく冬の鹿

海光が空席にあり初電車

平成二十二年

犬ふぐり空を広げてゐたりけり

棘あるを忘れ少年薔薇を嗅ぐ

脇祥一編集長急逝二句

沢蟹に自若の水のありにけり

瑞史忌草矢打ちあふひとり欠き

夫婦櫟涼しき距離を保ちけり

二代目の蟇か戸口を守りゐる

銭湯や大暑の背中流しあふ

能登にて森澄雄さん逝去の報

湯のやうに千枚の田の早稲香る

Ⅳ

落鮎

平成二十三年 ― 二十七年

平成二十三年

白粥を窪ませてをり寒卵

須走の砂の飛びつく大夕立

殉教の在処を探し竹の春

皆野にて金子兜太翁九十二歳誕生日記念俳句大会

味噌蔵の喜ぶ秋となりにけり

落鮎に日当たる淵のありにけり

冬凪や定年を待つ掌のぬくみ

賀状書く父の寸言真似てをり

再雇用言はるるままに決めて春

平成二十四年

震災を暦に加へ春寒し

かき氷原子炉の影遠景に

蚊柱に弾かるる蚊のありにけり

潮騒は海のつぶやき鳳作忌

生きるとは歩をつなぐこと一遍忌

誘はるるけものの道あり天狗茸

青無垢の空をほうびに捨案山子

甲斐犬に鋭(と)き稜線や日短か

大根引かれ幸せさうな穴残す

日が射して枯山にこゑ生まれけり

平成二十五年

富士といふ雪山に背を向けられず

涅槃図の無音に耳を傾けぬ

小出川畔

春確か土竜の畦を踏みゆけば

囀や仏足石のむずむずと

生業（なりはひ）の花摘む人も仏みち

自転車を菜花に倒し鮒釣に

苺煮る誰のためとも打ち明けず

炎天に顔を突き出し草田男忌

自然薯を掘り上げ手持ち無沙汰なる

大いなることを小声に落葉みち

冬紅葉諦念の炎(ほ)を発しをり

去年の息吐いて今年の息を吸ふ

平成二十六年

調律のピアノに春の来たりけり

佐保姫の髪の乱れが奔流に

実朝の夢の容に蜃気楼

トロ箱を開ければ海霧(じり)の溢れ出づ

噴水の頂を蝶かはしけり

軽鳧(かる)の子に淡海の水の無尽蔵

雲海へ足を踏み出しさうになる

メトロにも終着駅や草の市

菊人形横向きの顔なかりけり

自然薯に後部座席を明け渡す

陽の村に十一月の黒葡萄

ひとしきり犬を啼かせて山眠る

電線の混みあふ路地のおでん酒

鯨の死鏡のやうな凪の日に

鰰や晴れ一瞬の日本海

地の力臍（ほぞ）に賜り七日粥

平成二十七年

涅槃図のうしろを風の通りけり

江ノ電の線路ひらりと恋の猫

双子にもそれぞれの生鳥雲に

風船にしぼむ力の残りけり

耕人に牛舎の風の及びけり

山を売る相談蜜蜂に聞かれ

藤房の軽さの母のもうあらず

近づけば風轟々と雪解富士

薔薇匂ふ戸口のくらき珈琲店

舟虫の動いて月の動かざる

万緑の中なる化石博物館

蝙蝠の集まつてくる野外劇

梅雨夕焼樹海に消ゆるモノレール

星空につぶやくやうに蟹の泡

水飲んでから薬飲む朝曇
好き嫌ひなくて向日葵咲かせたる

花火終へ島の容のあらはるる

遠ざけてまだ白桃をまぶしめる

火の山の裾野はしづか鳥兜
ゐのこづち付けて祝辞に間に合へり

人避けるやうに冬木をよけて行く

枯蓮の枯れ尽してても物を言ふ

Ⅴ

あめんぼ

平成二十八年 ― 三十年

平成二十八年

大方は風にとどまり落椿

目の端に初蝶の影見たやうな

若布屑踏まねば行けぬ鵜の塒

春風にすこし応へて象の耳

鎌倉や箱の中なる椿餅

石松の墓ある町に新茶汲む

マンションに足場組む声走り梅雨

太宰忌や単車の音の低く過ぎ

熊避けの鈴ついてくる夏の霧

水湧いてお花畑の行き止まり

あめんぼの水に始業のチャイム鳴る

花火消えて水平線に小さな灯

蚤の市の秋雨弾きトンボ玉

これ以上咲けば地獄図曼珠沙華

剃刀で封切つてゐる月明り

冬蝶にまだ谷渡る力あり

冬の水メタセコイアの樹影容れ

行く年の青空を漕ぐ渡し舟

平成二十九年

寒林のどこかに蝶の卵あり

鶏を放し飼ひして涅槃寺

春北斗象舎に象の動く音

石鹼玉天より降つて来ることも

業平忌まだやはらかき薔薇の棘

緑蔭のドレミファソラシドレミファソ

朝顔市売り手買ひ手の距離二尺

秩父立沢

蒟蒻の茎ふとぶとと虫送り

思はざる羽音立てたり秋の蝶

一遍忌案山子にもある聖顔

豊年の風を捉へる向脛

文化の日卵の厚き親子丼

食パンが焼けてそろそろ漱石忌

鶯谷の三軒長屋花八手

平成の終はる日を知り根深汁

左義長や一番星に飛びつく火

平成三十年

村人の知る竜天に登る位置

母とうに朧や月も朧なり

花屑を乗せて青森行きのバス

ゴムまりの飛び込んでくる花見酒

永き日のをとこ買ひ物籠を提げ

相模川大凧揚げ三句

大凧の風誘ひ出す大太鼓

百人の力に凧の目覚めけり

尾を捌きつつ大凧の降ろさるる

山寺の甕に機嫌の金魚かな

白南風や学棟の名はギリシャ文字

鯖街道の起点の店や鯖を食ふ

鬼灯市櫛のよのやも覗き見る

茶畑を上る細みち野分晴

簡単に割れぬ卵や一遍忌

秋色もあるよいわさきちひろの絵

トンネルの出口はるかに蛇笏の忌

櫨の実の揺れは梢（うれ）よりややはやし

吾は左利き

身に入むや右利き用に鮨置かれ

機影過ぐ十一月の木洩れ日に

熱燗二本男女ふたりが手酌酒

Ⅵ

枯葦

平成三十一年—令和四年

平成三十一年

花道を狐走りに初芝居

留守電の声の明るさ日脚伸ぶ

恋をせし素振りも見せず古雛

連凧の影の走れる乳母車

令和元年

緑蔭を辿りそのまま森の中

向かひあふこの世の少女ソーダ水

ざりがにを獲り水無月の水も取る

犬に足踏まれてゐたり大花火

秋草を傷つけ忘れ鎌となる

封筒を開けて秋思を移さるる

良寛の郷二句

五合庵ねずみの糞も乾き冬

冬長きゆゑ良寛の顔長し

ぬくぬくと熱海の山の眠りをり

除夜詣夜目にも朱き橋渡り

去年今年闇あたたむる僧の声

令和二年

滑舌の悪きを悟る御慶かな

山鳩も栗鼠も地に降り初不動

蝶に先越されて着きぬ風岬

冴せる銃声二発猟期果つ

ママレード煮詰めて春の深みゆく

薔薇のアーチにサックス持つ花嫁

熱気球いくつも空へ麦の秋

かたばみの花の数ほど母への恩

地図になき鉱山跡へ梅雨の蝶

山蟻の這へる桟敷にもてなさる

路線バス過ぎて山百合また匂ふ

雪渓の初めの一歩踏み迷ふ

住み古りて幸のひとつに茗荷の子

蜩の揃はぬままに鳴き了る

ミルク温め火口湖は霧の中

子規の忌の柿をぽかんと見てをりぬ

片瀬川

釣宿は間口二間や鰡の秋

一遍の歩みし野辺を雁渡る

自然薯を立てかけてある診療所

草ひばり草の鳴き声とも思ふ

見慣れたる島を見に行く秋の暮

晩年の顔を寄せあひ落葉焚く

レノン忌の桜落葉の吹き溜まる

旧道に設計事務所山眠る

やや甘く目鯛を漬けて島の冬

冬暖の蛸煎餅を分かちあふ

数へ日の一日づつが別の顔

令和三年

春光や座席移して海を見る

レントゲン写真翳なし梅にほふ

背の青き鳥の抜け出す木の芽雨

いつまでも去らぬ山鳩卒業す

動きさうな水もとどめて蝌蚪の紐

蕎麦屋まで菫のみちの続きをり

棚田とは言へぬほどの田春祭

里桜にはとり小屋が道角に

苗木市三日通ひてひとつ買ふ

鯉のぼり多摩源流の風はらみ

たかんなを提げ夕星の近きみち

急坂のますます急に青葉木菟

よく笑ふ妻よく光るさくらんぼ

かはほりの助数詞調べ半夏生

十四五戸あればバス停青田波

蜩のこゑと濡れをり峡の雨

遊行忌の凪に子不知親不知

使はれぬ峠のみちのななかまど

足もとの日の斑を揺らし小鳥来る

冬瓜を背負ひ岬を離れけり

ライバルのやうな妻ゐて菊の酒

かりがねや修司の国のさらに北

男根神菰を被され山眠る

硝子戸を海桐の叩く島の冬

鎌倉を鎌倉らしく冬紅葉

海光の端を辿りてなほ寒し

再び引地川

枯葦の分かつ川音川明り

冬晴の爺はほたほた柴運ぶ

渋滞のバスに冬日を愉しめり

あつけなく古稀を迎へて初笑

令和四年

あとがき

母、父を亡くして、かれこれ四十年になる。母の死は急だったため、残された者達にとって、喪失感は大きかった。が、とりわけ父にとってのそれは大きく、母の死後、一年有余で他界した。母の思い出は数えきれないほどあったが、二十年もたつと、小学生の頃自宅の垣根に蔓を這わせた自然薯を半日がかりで掘り出したときの母の笑顔に集約された。

バブル経済期をバンコクで過ごし、帰国すると、日本の景色が変わり果てていた。帰国後しばらくしてベトナムのハノイに出張した時に、自転車で溢れかえる空港から市街への道の途中から遠望した田畑の景が、バブル経済で失われた日本の郷山の景を彷彿とさせ、懐かしい気持になった。この心持を形に留めようとしばらく絵手紙を学んだ。しかし、絵筆の才能はないことを痛感したため、平成八年四月に藤沢の朝日カルチャーセンターの俳句入門講座の門を叩いた。それが、北澤瑞史先生との出会いである。受講の半年後、「季」の若手の研鑽の場である「無名の会」への招待を受け、本格的に俳句を学び始めた。しかし、直後に、北澤先生は、当時では不治の病を患い、闘病一年余りで、帰らぬ人となった。父を二度亡くしたような喪失感に襲われたが、北澤先生の後を継いだ藤沢紗智子主宰の献身的な指導により、「季」は解散を免れ、今日まで継続している。自身の執筆「吾妻鏡を歩く」の「季」誌への連載を中断して、主宰の責務を今日まで果たし続けている藤沢先生は、師であると同時に「季」会員の心の支えであり続けている。

江の島は知っていても、藤沢を知らない人は多い。その藤沢には、昭和三十四年に藤沢市俳句協会(市協)が設立され市内の俳句団体が協力し合って遊行寺歳時記、藤沢俳句歳時記を編纂し、年に数回の俳句大会を実施するなど活発な活動を展開してきた。その後、高齢化が進み、私が二十五年前に市協に入会したときは、ほぼ最年少であったが、いまだにほぼ最年少の状態である。この句集を読んで少しでも俳句に興味を持ち、市協を支えて下さる若い人の出現を願ってやまない。

引地川は、藤沢市中央部を南北に貫き自宅の近くを流れる。この地に引っ越して三十七年間いまだに川底を見せない町川である。十五年ほど前に、二〇四〇年に引地川産鮎のうるかを賞味する目的で、「魚讃人と引地川水援隊」という団体をひとりで立ち上げた。俳句仲間からは心温まる激励の詩をいただいた。その詩に背中を押されて、俳句仲間や上流の大和市の清掃ボランティア団体の御力も借りて、プラスチックごみで目のやり場のなかった引地川親水公園の川ごみ清掃に三年間ほど微力を尽くした。その効果もあったのか、最近久しぶりに訪れた親水公園の中洲は見違えるほどきれいになっていた。同時に、仲間がいることの有難さ、素晴らしさが骨身に染みたので、句集名を引地川と名付けた。この十五年間に水質改善は少しずつ進み、中流の石川堰には鮎が群れ成している。うるかは無理でも、鮎の塩焼きぐらいは、そのうち、食べられるようになるかもしれない。この川の水が澄んで、藤沢市の誇りとなる日を心待ちにしている。引地川は、芥川龍之介の晩年の幻想的な短編小説「蜃気楼」にも名前が登場する。私には、引地川を境に海岸が彼岸、芥川の自宅があった松林が此岸に思える不思議な小説である。岸辺に立つと対岸から故人となった北澤瑞史先生の「いいじゃないですか」、脇祥一元編集長の「まだまだだねえ」という声が聞こえてくる。

最後に、望外な序文をいただきました藤沢紗智子主宰、俳句を作り始めて二十五年余の間に知り合い、ご指導を仰ぐことのできました全ての皆様、親水公園中洲の表紙絵を描いて下さった尾崎淳子様、句集出版に親身にご協力、ご助言いただきましたふらんす堂の皆様に深く感謝申し上げます。

神谷章夫

令和四年三月末日　夏蜜柑が食べ頃の朝

著者略歴

神谷章夫（かみや・あきお）

昭和27年１月５日　東京都三鷹市生
昭和50年３月　　　東京大学工学部資源開発工学科卒
平成９年１月　　　「季」入会
平成12年６月　　　「季」第１回木蔭賞（結社賞）受賞
平成30年４月　　　藤沢市俳句協会副会長
令和４年４月　　　「季」主宰

俳人協会会員
江ノ電沿線新聞　湘南アカデミア　白南風句会講師

現住所　〒251-0037　藤沢市鵠沼海岸６-16-６
E-Mail：kamikam@jcom.home.ne.jp

句集　引地川　ひきじがわ

二〇二二年八月一四日　初版発行

著　者――神 谷 章 夫

発行人――山岡喜美子

発行所――ふらんす堂

〒182-0002 東京都調布市仙川町一―一五―三八―二F

電　話――〇三（三三二六）九〇六一　FAX〇三（三三二六）六九一九

ホームページ http://furansudo.com/　E-mail info@furansudo.com

振　替――〇〇一七〇―一―一八四一七三

装　幀――君嶋真理子

印刷所――明誠企画㈱

製本所――㈱ 松 岳 社

定　価――本体二七〇〇円＋税

ISBN978-4-7814-1478-2　C0092　¥2700E

乱丁・落丁本はお取替えいたします。